모래는 뭐래

모래는 뭐래

정끝별 시집

창비

차
례

제 1 부

이 시는 세개의 새 시입니다

디폴트값

얼마나 오래 혼자인가요?
얼마나 오래 말을 해본 적이 없나요?
얼마나 오래 날짜와 날씨와 요일과 요즘을 잊나요?
얼마나 오래 거울에서 얼굴을 보지 않나요?
얼마나 오래 여기 있다는 걸 아무도 모르나요?

얼마나 자주 자기를 웃어넘기나요?
얼마나 자주 누군가의 말과 눈빛에 베이나요?
얼마나 자주 이가 상할 정도로 이를 악무나요?
얼마나 자주 벌을 받고 있다고 생각하나요?
얼마나 자주 칼날에 혀를 대보나요?

얼마나의 해저를
산 채로 파고들어 저를 묻고 적을 묻다

두 눈이 붉거지고 온몸이 투명해져 스스로 빛을 낼 때면

눈물에 부력이 생기고
가슴에 부레가 차올라

마침내 심해의 바닥을 치고 솟아오른다 언제나 너는

칠할의 칠일

무겁거나
무서울 때면 잠을 자요

　　그렇게 한밤과
　　　　한낮을 잠으로 새우면 꼭 꿈을 꿔요

벌써 아침인데 숙제를 다 하지 못하고 여름 교복으로 바꿔 입는 날인데 작년에 입었던 교복을 찾지 못하고 늘 타던 버스에서 내렸는데 낯선 곳이에요 또 닫힌 교문, 지수와 함수를 이해하지 못하고 체육 시간인데 생리를 끊지 못해 장애물을 넘지 못하고 그러니 들어가지도 돌아가지도 못하고

　　그렇게 사흘 밤이든
　　　　나흘 밤이든 못 하기를 멈추지 못해요

다른 세상에서도 다른 세상을 살지 못한 채 못 하기만 하고
못 하는 꿈의 조각들이 하나둘 모서리를 맞대 이 세상보다 더 못 하는 다른 세상에 저를 가두면

무릎쓰느라 무릎을 쓰고 쓰다 무용한 무릎이 되어

깨기 위해 잠꼬대를 먼저 부르고
살기 위해 신음을 마저 잃으며

또 그렇게 일요일 오후가
월요일 오후로 이어져 첩첩의 잠으로 쌓이면

늦터져 새 나가는 몇개의 문장에 물낯인 듯 민낯을 물끄
러미 담아놓고

할 수 있는 말과 할 수 없는 말들을
두서도 본말도 없이
흩어진 별들처럼 잇고 또 이으며
누에가 뱉는 실낱인 듯 제 고치를 만들고

그즈음이면
달싹이는 두 입술을 열고

제 문장을 드릴 삼아 나는

나를

나로

뚫고 나아가는데

파고드는 첫 문장의 첫 단어에 온 힘을 싣고
아침에서 아침으로 전력을 다해 다시

정지는 정직하고 고요는 오묘하니 오늘도 청소를 하고 밥
을 하고, 세상은 생뚱하고 인간은 어지간하다고 꾸준히 출
근을 하고 퇴근을 하고, 대지는 불룩하고 바다는 납작할 테
니 그 위에 말을 세우고 노래를 퍼뜨리고, 지평선은 지칠 줄
모른다고 사랑을 하고 사람을 하고

그렇게 다 하고의 숨통으로
슬기로운 박동을 다해
슬그머니 세상을 다해요

못하고 못 했으니 다 못 잇는 일이라며

다하고 다 했으니 다시 일어서는 일이라며

그런 소행성의 다행을
        리듬이라 쓰고
        드럼이라 읽고
            드럼과 드릴로 익히곤 합니다

이 시는 세개의 새 시입니다

새들은 그림자가 없어요

땅에 붙어서 걷는 그림자는 크고
땅에서 가까이 나는 그림자는 작다

땅을 벗어난 것들의 그림자는? 없다!

꿈에서는 아무것도 사라지지 않아요, 그림자를 놓쳤기 때
문이에요, 어릴 적 길에도 집에도 잃어버린 신발에도 죽은
아버지에게도 없어요, 꿈에는 그림자가 없어요

펼쳐야 날 수 있고 날아야 잊힐 수 있다는데
접힌 기억을 죽지에 묻고 또 묻는다
나는 내게도 보여줄 수 없는 기억들이 있다

어깻죽지를 펴고 빠르게 달릴수록 튀어 올라요, 높이 날
수록 허공에서 흩어져요, 그건 새였을까요?

공중부양하는 것들에겐 그림자가 없고

내 그림자엔 새가 없다

수평선처럼 흔들렸어요

자세가 바뀌면 지평이 바뀐다 지평 위 그림자의 농도나
온도나 각도나 차도도

어쨌든 새는 게 실패가 아니다
가장 뜨거운 눈물 아래로는 겹겹의 파도가 있고
파도와 파도 너머로는 한줄 실선이 있다

방파제에 이른 눈물의 실선이 지평이다 새의 시작이다

간절했던 꿈 밖으로 방금 넘쳤거나 곧 넘칠 파도가 벌벌
떨고 있어요, 별이었어요, 층층의 구름과 가장 먼 하늘이 엎
질러졌어요, 그건 수평선이었을까요?

꿈에서 흘러나온 바다가 지문처럼 일렁이며 이랑을 새

긴다
　꿈도 아니었는데 바닥이 바다처럼 출렁인다

　웅크리면 길은 홈이 되고 홀이 되어 나를 삼키고

　지평을 바꾸다보면 언젠가 탈출할 수 있으니
무엇이든 돼! 돼! 돼! 무엇이어도 괜찮아, 괜찮아,

　엎질러진 그림자라면 더욱

그림자가 날 일으켜 세워요

하나의 빛을 향하면 그림자도 하나

세상에 나올 수 없는 그림자는 깊고 뜨겁고
깨면 잊히는 꿈처럼 그림자는 있고 없다

뒷배인 듯 제 그림자를 끌고 가는 날엔 태양에 이마가 타

들어가고, 앞배인 듯 제 그림자를 안고 가는 날엔 태양에 뒤
통수가 다 다 타들어간다, 길에 새긴 문신처럼

  실선을 넘어선 것들에게도 없다

  옥 규 숙 영, 악보를 벗어난 음표처럼 휘리릭
  어디로 갔을까 모으고 모았던 우표나 종이학처럼 소식조
차 잊고 이름마저 그림자를 잃었지만

  아직 내겐 두 발로 써야 할 길의 역사가 있고 타들어가면
서도 마주해야 할 빛의 역사가 있어요, 바닥이 없으면 길이
없고 그림자라는 빛의 뒷배가 없으면 하, 나도 없는 거예요

  나와 하나인 것들과 내게 하나인 것들과 나를 하나이게
한 것들이 있으니 내 그림자도 하나

  저녁 무렵일 때 새는 가장 낮게 날고 가장 향기롭다
  밤이 오면 크나큰 그림자를 가진 날개가 나를 덮어줄 것
이다

아무나는 나이고 아무개는 개이다

누군가는 사랑을, 누군가는 질투를, 누군가는 저주를……

누군가를 생각하며 쓴 '누군가'에 줄을 긋고
'아무개'라고 교정해준 아무개가 있었다

하긴 아무나나 누구나보다는
아무개나 누군가가 더 가깝기는 한데

아무 나도 나, 누구 나도 나라서
아무 개도 개, 누군 가도 개라서

누구랄 것도 없이
누구도는 누군가의 아무개와 접하고
아무랄 것도 없이
아무도는 아무개의 누군가에 속한다

아무개는 아무나나 아무도로 쉽게 동하고
누군가는 누구나나 누구도로 더 쉽게 통해

아무나 쓰는 건 누구나 쓰고
아무도 못 쓰는 건 누구도 쓰지 않고
누군가 써야 할 건 또 아무도 쓰지 않으니

아무 나이면서 누구나로
아무 개이면서 누군가로 덮어씌운
중복 불가의 저 iam****에는 암만 봐도 이름이 없고

접속할 때마다 불상과 미상으로 교통하는
익명의 아이디에는 지평이 없다

부지불식의 손끝에는 지문이 없다

이 시는 다섯 발톱의 별 시입니다

내 고양이 이름은 에렌델

최초의 새벽별,

그러니까 129억년을 달려온 가장 멀고 오랜 빛

시선을 별이라 부르던 시절이 있었다

별아, 부르자 별안간 별 하나에 다섯 발톱이 돋아나 빛나기 시작했다

그때 달은 빛나는 별의 발톱을 감싸려 둥근 내부를 만들었을까?

밤하늘이 긁히겠는걸, 별의 발톱이 밤마다 바짝바짝 자랐고 그때마다 오랜 궁흉의 성단이 반짝반짝 빛났다

그때마다 나는 고양이를 닮은 살쾡이자리에서 큰개자리 작은개자리를 기다리곤 했다 개 같은(개는 사랑이야!), 새된 채터링으로 또다른 별자리가 발견되었다고 일러준 건 내 고양이였다

사냥꾼의 시선은 고양이 눈동자처럼 빛 따라 변하는 거래,
시선이 자꾸 변해서 고양이는 별자리가 되지 못했을까?

고양이와 뱀이 싸우면 누가 사냥꾼일까?
고양이가 이기는 장면을 본 적 있다
뱀에게 물린 고양이는 통통 부은 채 이틀을 앓았으나 뱀
은 고양이 발톱에 너덜너덜 널브러졌으니

뱀자리였던 네 이름도 잊었다

여름밤이면 기다랗게 허물 벗은 뱀에게서 불사의 묘약을
구한다는 뱀주인자리를 찾곤 했어
나도 죽은 뱀을 되살리는 교양 있는 고양이가 되고 싶었어

계절이 바뀌고 달이 기울 때면 내 시선도 글썽글썽
여전히 나는 제 별자리 하나 찾지 못하는 별치!

커도 너무 큰 이름을 가진 알키오네우스

산처럼 신처럼 시처럼 컸던
이 거대한 은하는 무시무시한 블랙홀을 품고 있다

엄마엄마한 세상에서 밤하늘의 별을 지도 삼아 길을 간다
는 건
　심장을 번쩍이게 하는 것들의 가장자리를 어루만지며 한
밤을 밝히는 일, 마음이라든가 사랑이라든가
　내 심장을 관통하는 것과 내 머리를 벗어나는 것에 선을
잇는 일, 믿음이라든가 연대라든가

　별이 별을 끌어당기는 별들의 중력이 우주를 돌게 하는데
이 중력의 눈을 우리는 검은 운명이라고도 한다

　또 너를 끌어당기는 내 시선이 폭발했다
　너였는데 너였다가 너였던가
　날로 늘어나는 너와 번번이 폭발하는 내 시선의 사이를
자장이라 할까? 운명공동체라 할까?

부엌에서는 가스 불이 푸른 성단처럼 타오르고
밤새 내가 너를 너를 또 너를 어루만지는 동안
끓는 찻물의 처음과 식어버린 하수도물의 다음이 만나고
내 첫 눈물과 내 끝 오물이 만나
천길 은하수의 운명에 빨려들 것이다 그러함에도

내가 다 이르지 못한 쎄고 쎘던 너와
쎄고 쎘던 네가 미처 이르지 못한 또다른 쎄고 쎘던 너를
 잇고 또 이으면 내 청춘의 알키오네우스가 될 텐데, 내가
사랑하는 우리라는 이름의 은하보다 백배나 크다는

 번쩍번쩍 타오르는 네 시선에 내 심장을 다 잃고 싶지는
않아,
 모든 혁명을 성스럽게 만드는 가난과 결핍과 분노의 시선
이 다 진짜였다고도 말하고 싶지 않아,

 모름지기 은하란 내 전부가 무수한 네 편이 되려는 꾸준
함으로 서로를 잇고 끌어당기는 것이라서, 그러니 빨려드는

것들을 격렬히 사랑할밖에, 이 길고 긴 시간을

별의 수는 7 곱하기 10의 22승개?

밤하늘을 한눈에 다 볼 수 없으니
별 또한 이루 다 헤아릴 수 없다 그러나
세상 모래 알갱이보다 열배쯤 많다는 건 안다

별의 차별과 별의 이별은 별들이 제각각 다른 시간에 속
했기 때문,

저녁 식탁에 둘러앉은 시선들이 따 따 따따따 타전한다
밥이라니까 꿈이라니까 아니 가족이라니까

식탁을 떠받치던 다리 하나가 기우뚱하자 별들이 기울어
진 시간의 각도로 쏟아졌다
급히 현관문이 닫히고 별들의 발톱이 제 상처만큼 날카로
워졌다

길게 긁힌 초승달이 부랴부랴 둥근 내부를 만들었으나 금세 그믐달로 기울었다

누군가는 달의 내부에 별똥별이 쏟아졌다고도 했다

너무 많은 시선을 서로에게 쏟았을까?
쉼 없이 서로를 채우다 서로를 떠나게 했을까?
기어이 쏟아져 밤하늘을 저리 소란하게 했을까?

네가 네가 또 네가 내 처녀자리에 들앉아 하울링을 했다
그때 너는 큰개자리였다가 또 너는 너는 작은개자리 아니
큰 개가 먹다 남긴 개뼈다귀자리였다가
그때마다 나는 네 하울링에 밴 숨과 땀 냄새를 어루만지
곤 했던가?

기억에는 공백이 있고 꽉 찬 기억일수록 벅찬 배신을 한다
어떤 배신의 눈엣가시처럼 너는 너는 너는 전갈자리였던
가? 그러함에도

쏟아지는 거짓말처럼 내게 알려줘, 또다른 네 생일과 네 기일을
별자리랄까 가족력이랄까 혈액형도
승수로 증식하는 네게 나를 쏟아낼 테니 그때 내게 보여줘, 막차처럼 달려가는 너의 긴 꼬리를

네 성단의 밤이 아직도 뜨겁게 너울지고 있다
점점이
하얗게

깜깜한 하늘에서
너와 너와 또 너와 너와 너 사이를
돌고
도는
나는

아무래도 이 궤도를 벗어날 수 없을 것만 같은데

불과 57광년밖에 떨어지지 않은 내 가장 가까운 별

적색왜성의 이 별은 항성이다
이보다 작으면 별이 될 수 없다고 한다

작고 어두운 별
주위를 도는 큰 별 하나 없는 별
이 별은 어떤 별빛을 사랑해 밤마다 작은 의자에 앉아 그
별을 바라보다 그 별의 글썽이는 빛을 훔쳐 와 잠시 빛나기
도 했다

작지만 항상성을 잃지 않는 별
그 빛이 자해로 폭발하는 태움의 빛이었는지
큰 별이나 인공위성에 반사된 빛이었는지는 알 수 없으나

깜빡, 네가 닿지 못한 길에 내 발길을 덧대고
깜빡, 네가 잇지 못한 시선에 내 눈빛을 잇대고

네 삶의 모퉁이에 웅크리고 있을 다른 나와 다른 시간과

다른 윤리를 비추며

　어쨌든 너와 너와 너로 빚은 빛으로 다시 나의 빛을 빚겠
다는 거, 그건 내 전부를 너와 너와 너에게 다 쏟겠다는 거

　어둡지만 지지 않는 별
　그 빛이 가물가물 시선을 잃어가는 너의
　아직도 별이 빛나는 밤을 지켰으면 해
　그리하여 네가 잠든 지붕 위가 조금 더 밝았으면 해

　가을 자작나무 잎들처럼
　겨울 자작나무 껍질처럼
　그렇게

　흔들리다 너와 함께 빨려들었으면 해

우주의 별빛은 아직 다 발견되지 않았다

우주는 오늘도 팽창 중이고
미지의 별빛은 오늘도 내게 달려오는 중이다

하지의 여름엔 짧게
동지의 겨울엔 길게
기울어진 별들의 시선이 밤비 혹은 밤눈처럼 쏟아진다

물불을 가리지 않고 집도 절도 없이 쏟아지니
산도 신도 시도, 매일도 내일도, 너도 나도 구분되지 않아
쏟아질 때마다 미지의 농담을 되풀이한다

안녕? 그래, 안녕!

한밤을 가로지르는 작고 어두운 별에는
더 가깝게 더 크게

그러니 내 별은 귀도 다섯,

하지부터 동지까지 귓바퀴로 흘러드는 하고많은 밤비 혹
은 밤눈은 기울어진 네 침묵에게 보낸 내 수다한 수다?

한밤의 달이 쌔고 쌘 별의 눈짓과 쌔고 쌘 별의 손짓에 부
풀고 있다 검은 운명처럼

그렇게 우주는 138억년을 팽창 중이고
뻥이요! 오늘도 별들은 튀밥처럼 튀는 중이다

바짝
반짝
번쩍
매일의 네가 소멸하고 또 내일의 네가 네가 네가 탄생했
을 것이다

오늘 밤의 내가
천수천안의 관음처럼 푸른 성단을 어루만지는 이유다

별이라는 머나먼 시선으로

모래는 뭐래?

모래는 어쩌다 얼굴을 잃었을까?

모래는 무얼 포기하고 모래가 되었을까?

모래는 몇천번의 실패로 모래를 완성했을까?

모래도 그러느라 색과 맛을 다 잊었을까?

모래는 산 걸까 죽은 걸까?

모래는 공간일까 시간일까?

그니까 모래는 뭘까?

쏟아지는 물음에 뿔뿔이 흩어지며

모래는 어디서 추락했을까?

모래는 무엇에 부서져 저리 닳았을까?

모래는 말보다 별보다 많을까?

모래도 제각각의 이름이 필요하지 않을까?

모래는 어떻게 투명한 유리가 될까?

모래는 우주의 인질일까?

설마 모래가 너일까?

허구한 날의 주인공들처럼

제 2 부

누군가는 사랑이라 하고
누군가는 사랑이 아니라고 한다

고양이 시간

네가 문을 열고 나가면 흩어지기 시작한다

새로 뒤집힌 모래시계의 윗방처럼

부재한 시간만큼 너는 희박해지고

점점 절박해지는 네 냄새를

거꾸로 센다

더는

셀 수 없으니

네가 돌아올 시간의 농도다

너를 맞이하러 문가에 엎드린다

한걸음 한걸음 네가 내게 짙어오고

문을 열고 들어서 다시 나를 채워줄 것이다

"이제 우리 뭐 할까?"

회복기

아침 햇살이 슈거파우더처럼 내려앉은 이월의
소파에서 그루밍 하다 사르르 잠이 든 고양이

조금 전에 나는 저 소파에 기대앉아 신열에 젖은 속옷을
식히며 남산타워 뒤로 떠오르는 해를 맞았어
열이 내렸을까 겨드랑이를 파고든 고양이가 가르릉가르
릉 불러주는 골골송을 선잠인 듯 듣다 일어나 고양이 물을
갈아주고 화장실을 치우고 밥을 주고는
수란을 띄운 말간 순두부를 끓여 늦은 아침을 먹는 내내
계란을 좋아하는 고양이가 무심한 척 내 무릎에 앉아 있었
는데 조그만 심장이 어찌나 쿵쿵거리던지
설거지를 하고 다시 식탁에 앉아 연한 커피를 마시면서
슈거파우더 뭉치가 된 소파의 고양이를 보고 있어

이제 봄이겠구나
어느 봄 햇살에 나도 녹아들겠구나

봄이 다디단 이유일 거야

버뮤다 삼각지

버뮤다에 사는 어떤 불갯지렁이는

보름달이 뜨면 암컷들이 온몸에 빛을 내며 떼 지어 항구
의 밤바다에 떠올라 강 강 술 래 강강 술래 깜깜한 수면 위에
환한 보름의 달무리를 빚는다 빛의 구애에 화답하듯 수컷들
도 온몸에 빛을 내며 떠올라 암컷들이 빚은 달무리에 깃들
어 강강 술래 강강술래 돌고 돌면서 빛의 씨앗을 방사한다
그것이 전부! 그리고 항구의 밤을 밝혔던 혼례의 빛은 순식
간에 꺼진다

사랑은 저리 부시고 짧다

술래야 술래야, 오랑캐를 부르며

내 청춘의 삼각지 로터리에서 돌고 돌았던
섬광의 달빛에 한 생이 이운다

누군가는 사랑이라 하고
누군가는 사랑이 아니라고 한다

국도에 버려지는 순간에도 개는 주인을 향해 꼬리를 흔들었다 저를 버리고 떠난 주인의 차를 쫓아 수백리 먼 길을 달려 옛집을 찾아왔다 주인은 이미 떠났으나 개는 옛집 앞에 앉아 문이 열리기를 기다렸다 낯선 사람들이 쫓아내면 달아났다가 돌아왔다 몇 밤이 지나고 몇달이 지났다 먹을 걸 찾아다니다 다시 돌아왔다 몇번의 천둥이 치고 몇번의 세찬 비바람이 불고 몇번의 눈이 왔다 어느 겨울, 옛집 앞에서 개는 엎드려 자는 듯이 죽었다 밤새 흰 눈이 쌓였다 봄이 오자 그 자리에 개의 발이 새싹처럼 돋았다 수백리 먼 길을 달려 왔던 발바닥에서 피가 흘렀다 붉은 꽃이 가려주었다 여름이 오자 개의 다리가 나무처럼 솟았다 수백일을 기다리던 슬개골에서 진물이 흘렀다 장맛비가 씻어주었다 가을이 오자 주인을 쫓던 코와 귀가 벌어지고 펼쳐지더니 마침내 떨어져 쌓였다 흰 눈이 덮어주었다 또 어느 겨울, 옛집 근처를 지나던 주인이 눈사람처럼 솟은 땅을 보며 이건 뭐지? 우리 개를 닮았네, 혼잣말을 건네며 어루만졌을 때 그제야 개는 귀와 코와 다리와 발과 하염없는 기다림을 땅속으로 거둬들였다 환하게 녹아내렸다

40

끝내 실패할 수밖에 없는 외곬의 믿음, 너를 향한 나의

뽀또라는 이름의

기다란 잠의 꼬리를 늘어뜨린 너는 말랑말랑한 반죽 덩어리, 부푸는 중이야!

아침에 버터를 바른 기름진 털을 노릇노릇 구워내는 오전의 햇살은 쏜살처럼 바빠

어쩌다가의 츄르처럼 달콤한 꿈은 깊은 호둣속 여행, 길을 잃고 호두까기 인형들과 한바탕 소동

덜 깬 앞발을 허공에 내딛다 깜짝 놀라기도 하지만 다른 세상을 꿈꿀 때는 조금 휘청여도 괜찮아

고양이 발은 어차피 새 발, 창문 넘어 도망치는 저 늦바람에 네 발을 맡겨봐

날기를 잊지 않으면 날개를 얻을 거야 멀리서 왔다 멀리 갈 네 다른 이름은 낭만 나비

온 생을 부풀다 뼈마저 가벼워지면 네 가장 나중에 활짝

활개를 칠 네 발의 날개가 있으니

　활처럼 기지개를 켜봐, 꼬리를 치켜세우고 유유히 걸어
봐, 오늘 안녕과 내일 안녕 사이를!

그루밍 블루

무언가를
묻고 온 밤에는 꼭 계절을 묻게 된다

땅이 얼지는 않을지
물에 뜨거나 쏠리지는 않을지

무언가를
태우고 온 밤에는 또 바람을 살피게 된다

연기는 얼마나 머물다 갈지
남은 재는 어디로 불려 갈지

그런 밤에서는 비린내가 났다

그런 밤에는 어린 고양이도 체온을 나누려
주르륵 품으로 흘러들었다

먹는 걸 잊었으나 배도 고프지 않았다

늘렸다 멈춘 내 숨에 내가 놀라 깨면

어린 고양이가 칫솔 같은 혀로
내 젖은 얼굴을 닦아주고 있었다

사막거북

사막에서 물을 잃는 건 치명적인 일이다

가물에 콩 나듯 사막에서 만나는 풀이나 선인장에게 병아
리 눈물만큼의 물을 얻어 몸속에 모았다가 위험에 빠지면
그마저도 다 버린다

살기 위해 배수진을 치는 것이다

나도 슬픔에 빠지면 몸속에 모았던 물을 다 비워낸다 쏟
아내고서야 살아남았던 진화의 습관이다

어떤 것은 버렸을 때만 가질 수 있고
어떤 것은 비워내야만 살아남을 수 있다

쏟아내고서야 단단해지는 것들의 다른 이름은?

돌처럼 단단해진 두 발을 본 적이 있다
피딱지가 엉겨 있었다

어느 거리였을까
어느 밥벌이 전쟁터였을까

이건 바다코끼리 이야기가 아니다

빙하가 녹아내리는 알래스카에서는

지느러미를 팔다리 삼아
기다란 송곳니를 지렛대 삼아
배밀이 구걸을 하듯

살 곳을 잃은 수십만마리 무리가 해안가로 몰려든다
해안마저 발 디딜 틈이 없어지면 살기 위해 절벽을 오른다
한 몸 숨 쉴 곳을 찾아 기어오른다

그러나 더 기어오를 수 없는 벼랑 끝은
찰나의 유빙, 착시의 바다, 그때
허공에 허구의 날개를 펼친다

옥상에서, 난간에서, 팔다리를 펼치듯

절박이 절벽을 부르고
착각이 착란을 부른다

바위에 부딪쳐 내장이 터질 줄도 모르고
퍽퍽 떨어지는 소리에 맞춰 줄지어 절벽을 오른다

빙하로 가는 길인 줄 알고

동물을 위한 나라는 없다

소 눈이라든가
낙타 눈이라든가
검은 동자가 꽉 찬 눈을 보면
처진 눈의 내가 너무 눈을 굴리며 산 것 같다

　　남의 등에 올라타지 않고
　　남의 눈에 눈물 내지 않겠습니다

타조 목이라든가
기린 목이라든가
하염없이 기다란 목을 보면
목 짧은 내가 너무 많은 걸 삼키며 사는 것 같다

　　남의 살을 삼키지 않고
　　남의 밥을 빼앗지 않겠습니다

펭귄 다리라든가
사막거북 다리라든가
버둥대는 짧은 사지를 보면

큰대자 사지를 가진 내가 너무 긴 죄를 지으며 살 것 같다

우리에 갇혀 있거나 우리에 실려 가거나
우리에 먹히거나 우리에 생매장당하는 더운 목숨들을
보면

우리가 너무 무서운 사람인 것 같다

이건 좀 긴 이야기
민물새우는 왜 밤새 물을 거슬러 물 바깥을 걸었을까

하천에 사는 어린 줄무늬 민물새우가 물살을 거슬러 젖은 하천가를 줄지어 걸어가는

저 꾸준한 행군을 무슨 사건이라 할까

아가미를 닫고 헤엄을 멈추고 물을 벗어나 기어이 흔적만 남은 앙상한 다리로 스스로를 딛고

물 바깥을 거슬러 오르는 게 저의 미래라서

어떤 흐름에의 저항은 다른 흐름의 도래라서

길게 줄을 지어 저기를 향해 여기를 딛고 오르는 이 뜻밖의 도정을 무슨 역전이라 할까

걷고 걷는 저 비아 돌로로사의 회군은 일종의 종의 구원 혹은 종의 생존이라서

거의에 가까운 절체절명을 거슬러

어제를 앞세워 내일을 밀고 가는 이 짧고 가느다란

시의 언어들이 내딛는 안간힘을 인간들의 무슨 간힘이라
할까

조나단 리빙스턴 시걸의 후예

해초인 줄 알고 어미 새가 삼킨
찢어진 그물을 아기 새가 받아먹고

토해내지 못하고

물고기인 줄 알고 어미 새가 삼킨
라이터와 병따개를 아기 새가 받아먹고

소화하지 못하고

오징어인 줄 알고 어미 새가 삼킨
하얀 비닐봉지를 아기 새가 받아먹고

일용할 양식으로 일용한 죽음의 배식

빙하 조각처럼 떠돌다 해안에 도착한
거대한 스티로폼 더미에 갇혀

깃털 하나 펴지 못하고

쓰레기로 꽉 찬 폐기물이 되었다
찍찍 유리에 긁히는 소리를 내며

죽어서도 썩지 못하고

무구와 무고

어부가 바다에 낚싯대를 던져놓고 갔다
주인 없는 낚싯줄이 움직이기 시작했다

한 짬이 지나도록
한 참이 지나도록

길 떠나는 배가 낚싯줄을 끊고 갔다

미끼를 문 물고기는 낚싯바늘에 입이 걸린 채 낚싯줄에
끌려 다닐 텐데

한 철이 지나도록
한 생이 지나도록

입에 문 숟가락에 온몸을 걸고
숟가락에 묶인 댓발의 밥줄에 끌려 다니며
위험천만 목줄을 끌고 표류할 텐데

탯줄처럼 낚싯줄을 끊고 사라진 저 배의 주인은 누굴까

거품처럼 사라지는 저 흰 물살은 누구의 폭죽일까

이건 좀 지옥스러운 이야기
히에로니무스 보스 풍으로

한번 먹으면 일년을 버틸 수 있다는 악어가
열대 늪지대에 사는 브라질 악어 수백마리가

가뭄에 쫓겨 떼 지어 물웅덩이로 몰려들었다
웅덩이 개펄을 파고들며 심연처럼 뒤엉켰다

여기가 마지막 물웅덩이일지 몰라,

살려고 몰려드는 끝은 개펄처럼 판독이 불가하고
죽지 않으려 몰린 사지는 끝의 끝처럼 단순하다

돌진할 수밖에 없는 지구의 블랙홀처럼

줄어드는 밥그릇을 향해 떼 지어 몰려들 때 우리는
서로에게 흉기가 된다 얼굴을 잃고 이름을 잃고

인간마저 잃고 뼛속까지 이빨만 남아
제 이빨로 저마저 물어뜯어 모두의 끝을 보고 만다

우리가 넘치나이다!

그해 가을 후쿠시마 단풍은 유난히 아름다웠다지? 타들
어가기 직전이었으니 잎맥까지 뜨거웠을 거야

미사일처럼 이 나라 저 나라에서 쏘아 올린 별별 위성들
이 밤하늘의 별을 대신하는 동안

고리가 월성으로 월성이 영광으로 영광이 맨홀과 싱크홀
과 블랙홀로 이어지고
천당 가까운 분당까지 산성 비구름이 자욱하고 낙진과 낙
태가 베란다마다 쌓이고
강원도 농가에서는 암퇘지가 머리 둘 달린 새끼를 낳았대,
해안이 터지고 물고기들이 뒤집히고 지구가 새고 새떼가
검은 기름을 뒤집어쓰고

어제의 식탁에는 창백하게 푸른 사과가 하나
욕실 바닥에는 지구의 똥구멍 같은 검은 수챗구멍이 하나

이듬해 후쿠시마 데이지는 두개의 꽃판이 등을 붙인 채
활처럼 휘어서 피었다지? 숯불에 떨어진 고깃덩이처럼

지진에 굴러떨어진 사과의 속살이 터져 갈변하듯
태풍과 홍수에 수챗구멍에서 오물이 역류하듯

우리가 날로 넘치나이다!

떼까마귀 날다

깍 깍 외마디를 내지르며

주르르 쏟아진 검은깨처럼

어디에도 머물지 않으려
끝내 길들지 않으려

까맣게 하늘을 뒤덮으며
사태 져 사라지는 거지

싸리 빗자루로 허공을 쓸어내듯

소멸의 풍경을 완성하는 거지

제 3 부

이건 좀 오래된 이야기

너였던 내 모든

심장이
몸 밖에 달렸더라면
네 마음을 더 잘 보았을 텐데

뿔이
눈 아래에 돋았더라면
네가 덜 아프게 찔렀을 텐데

그 뿔에
손이라도 있었더라면
네 상처를 더 어루만졌을 텐데

아니, 생각이
나보다 먼저 잠들기만 했어도
너와 더 오래 한집에 머물렀을 텐데

그 집에
바퀴라도 달렸더라면
가출하지 않고도 달아났을 텐데

그니까 사랑을

볼 수만 있었더라도

서로를 안을 때 그리 파고들지 않았을 텐데

그랬더라면, 우리도 없었겠지?

소금이 가고

꽃에 물을 주었다
꽃에서 물이 거두어지는 사이

가면 길은 뒤로 오고
가면 뒤가 환해지는 사이

유월 비 온 뒤
꽃 지고 너 가고 흰 꽃이 왔다
그 유월 또 비 온 뒤

눈물이라는 눈물 다 빠진 얼굴에
흰 꽃이 고슬고슬해졌다

　수차가 모든 날의 바다를 뭍으로 끌어오면 하루 해는 바
람에 제 몸을 태워 부지런히 흰 꽃을 피웠고
　심장이 모든 날의 맥박을 너에게로 끌어 올리면 하루치
사랑도 군더더기 없이 증발했다

　내게 물을 주었다

내게서 물이 거두어지는 사이

피웠던 꽃은 흰빛으로 남으리
하지만 그건 조금 짠 이야기

모방하는 모과

모과 낙과를 생각하며 모과나무 아래를 서성이다

모자란 모과 낙과를 모과나무 뿌리 가까이 모아두는 마음

모과 낙과는 늦된 가을장마에 얼굴을 떨구고
모과 낙과는 흙에 얼굴을 묻고 눈과 귀를 묻고

몇개나 남았을까, 단풍 든 잎들 뒤에서 노랗게 익어가는
모과를 헤아려보다

넌 고집 센 고독이구나, 그러니 저만치의 징검돌이겠구
나, 기꺼이 모과에게 손 내밀어보다

모과나무가 떨군 모과 하나를 방에 들여놓고 모과 향기에
부풀던 그 가을을 기억하는 내내

긴 기다림에, 바닥을 친 모과가 멍들었다

마지막 모과가 떨어진 겨울부터

모과잎이 돋고 연분홍 모과꽃이 피고 다시 마지막 모과가
떨어지기까지

　　모과는 모과라서
　　모과는 모방하는 이름이라서

　　끝났으나 끝내지 못한 채
　　다른 사랑의 후렴을 모방하듯

　　오늘도 모과나무 아래를 서성이는 마음

모과 타투

너무 멀리 가면 집에 돌아갈 수 없다는데
요즘 들어 자꾸, 방금 기억이 가장 멀리 가요

약과 약속을 잃고 이름과 번호와 비밀을 잃고 하던 일과
가던 길을 또 하얗게 잃어요

비바람에 가지와 잎까지 잃고 옆집 도랑에 박힌 뒤뜰의
모과 낙과는
내게서 멀리 간 내일의 미래라는데요

살던 집에서 오래오래 살고 싶은데 자꾸, 내 일을 잃고 내
일을 잃곤 해요
집 가는 길을 손목에 새겨야 할까요, 못난 모과를?

집에는 모과나무가 있어요

나는 늘 가까운 것에 갇히고 가까운 것에 막혀 고립무원
이었는데요
모과나무 우듬지에 남겨진 사고무친 모과 한알은 모과나

무에게서 멀리 간 모과나무의 구멍이었는데요
　그 구멍이 시라며 구원이라며 구멍을 구걸할 때마다 나도
집에서 멀리 가곤 했는데요

　모과 낙과처럼 내가 알던 사람은 멀리 갈수록 어두워졌고
　모과 향기처럼 내가 알던 세상도 멀리 갈수록 얇어졌어요

　그러니 아직 기억하는 연분홍 모과꽃은 내게서 가장 멀리
갈 미래?
　아, 신도 나를 잃을 수 있으니 손목 어디쯤 미래의 모과꽃
과 모과를 새겨둬야겠어요

　열두발 바람에 모과보다 더 멀리 간 모과잎처럼 언젠가
나도 내 기억의 난민이 될 테니

　청사진처럼 내 집의 문패가 되어줄
　너무 많은 모과를 잃은 모과나무 아래로 이끌어줄

　마지막 모과를 손목에 새기는 마음

두부 이야기

출생의 비밀처럼 자루 속 누런 콩들이 쏟아진다
이야기는 그렇게 실수처럼 시작된다

비긋는 늦여름 저녁 식탁에 놓일 숟가락 개수를 결정해야
해, 그게 라스트신이거든

물먹다 나왔는데 또 물먹으며 으깨진다
시간의 맷돌은 돌아가고 똑딱똑딱 떨어져 고인
너의 나날은 푹푹 삶아져야 고소해지고
거품을 잘 거둬낼수록 순해진다

매 순간의 물과 불 앞에선 묵묵한 캐릭터가 필요해

오랜 짠물은 너의 단맛을 끌어올려준다
몽글한 웅얼거림과 뜨거운 울먹임이 뒤섞여 엉겼다가
무명 보자기에 걸러지면서 단단해지는 이 플롯을
구원이라 할까 벌 아니면 꿈이라 할까

담담한 눈빛과 덤덤한 낯빛으로 맞이하는 밥상에서

만만찮은 희망으로 만만한 서사를 완성하기 위해

콩밭 매는 마음과 콩밭에 간 마음을 쓸어 담아
써 내려가야 갈 너의 한밤이 희고 깊다

밤새 이야기는 그렇게 쏟아지고 불려져
아침의 너는 또 물불을 가리지 않는다

강릉 점집

쉬운 일이 없어 나는 숨어듭니다 그러다 문득
왜 이리 쉬운 일이 없는지 묻고 싶어집니다

못내 지나 끝내 넘어 달마처럼 동쪽으로 가고 또 가
한줄 수평선에 엉망의 끝을 부려놓고 싶어집니다

해가 뜨고 달이 뜨는 일이 그러하듯
물은 지치지 않고 바다에 이른다는데
숨어들어서라도 지지 않는 길을 찾는다는데

섣달 찬 바람에 길을 물으며 강릉 천변을 지날 때
거두지 못한 빨래처럼 깃대에 묶여 펄럭이는 卍

소란한 바람에 휘청이는 풍마(風馬)인 듯
파닥이는 돛인 듯 주저앉은 닻인 듯

물 반 卍 반인 강릉 천변에서 나는
쉬운 일이 없어 숨 쉴 수도 없는 나를 숨겨주기로 합니다
긴 숨을 몰아쉬고 엎어진 김에 쉬어 가기로 합니다

물물처럼 卍卍처럼 쉬워지기로 합니다

네 눈동자를 보는 내 눈동자

눈동자는 보이는 것을 따라 움직인다 우리는 눈동자가 잠시 머문 것을 본다 그런데 눈동자에 안 보이는 것은?

행불된 생각을 볼 땐 눈꺼풀이 바삐 깜빡이고, 다르게 부는 바람을 볼 땐 눈썹부터 들썩이고, 오리무중 마음을 볼 땐 눈꼬리가 먼저 올라간다 눈동자가 길을 잃었기 때문이다

너를 보려면 내 눈동자부터 가려야 한다 눈동자는 가까이 있는 것만을 보려 하니

네가 없는 한밤을 지날 때도 두 눈꺼풀을 닫아야 한다 그림자가 그러하듯 그런 밤이란 있고도 없는 것이라서 안 보거나 못 보아야 건널 수 있으니

긴 잠에 든 너를 만나러 갈 때는 두 눈을 질끈 감고, 바삐 가느라 네가 눈동자를 열고 잠들었다면 살며시 닫아주어야 한다 내 눈물 그치면 너는 가길!

중력을 벗어나려면 눈동자에 든 눈독부터 덜어내야 하고,

다른 삶을 살려면 눈꺼풀을 내린 후 눈동자의 뒤편을 바라
봐야 한다 꿈에 든 눈동자는 우주의 뒷면으로 돌아들기에

　안 보이는 것을 보려면 보이는 것을 안 보아야 한다

　보이지 않는 네 눈동자를 볼 때 내가 눈을 감는 이유다

폭풍의 언덕

이렇게 넘쳐나긴 처음이에요

자신을 부러뜨리려는 듯 여름가지가 사납게 유리창에 들이친다 천둥에 벼려진 장맛비도

모든 뿌리가 뽑힐 거예요

네게서 새어 나와 문지방을 넘어서는 뜨거운 것들이 있다 홍수가 난 마당을 네가 찌걱찌걱 걸어나간다

죄보다 아름다움이 먼저예요

늦여름 복숭아를 움켜쥔 채 벼랑 끝에서 불멸을 꿈꿀 수는 없다 히스클리프, 그가 너라도

꿈에 무슨 논리나 윤리가 있겠어요?

채 뽑히지 못한 뿌리를 향해 여름가지가 부러진다 투창처럼 밧줄처럼 여름비가 네 어깨에 던져진다

돌기둥이 되어서도 이 비를 맞을 거예요

청파동 눈사람

남영동 굴다리를 건너자 함박눈이 쏟아졌다

왔던 곳을 향해
너는 삼각지로 나는 서울역으로

청춘이란 그렇게
파국을 향해 직진하는 것
제 끝을 향해 달려가는 것

멀어지는 두 끝 사이에 함박눈이 쌓였다

끝으로 달려가던 버스가 쌓인 눈에 끊기고
끝으로 달아나던 발길이 쌓이는 한밤에 주저앉고

눈에 쏟아진 사이다처럼 자책이 움푹했다
눈에 파묻힌 맨발처럼 추억이 얼얼했다

그러니까 그때
함박눈만 아니었으면

나는 다시
청파동으로 돌아가지 않았을 것이다

여기까지
오지도 않았을 것이다

이제 와서
하는 말이다
너도 그랬을 것이다

청파동 폭설에
새파랗던 눈사람을 세워두고

반생을 하얗게 녹고 있다

곡우

산안개가 높아지더니 벌레가 날아들었다
어치가 자주 울었고 나도 잠시 울었다

볕 짙고 소리 높고 기척도 멀어졌다
질 것들 가고 날 것들 오면 잊히기도 하겠다

발 달린 것들의 귀가 쫑긋해지고
발놀림도 분주해져 바깥들 기웃대겠다
밥그릇에 밥풀도 잘 달라붙고
꽃가루에 묻어온 천식도 거풍되겠다

오는 서쪽 비에 가슴이 먼저 젖었으니
가는 동쪽 비에는 등이 먼저 마르겠다

계절도 사랑도 서쪽에서 동쪽으로 간다

저물녘이 자주 붉고 달무리도 넓어졌으니
아침이면 젖은 발로 마른 길 갈 수 있겠다

조나단, 리빙스턴, 시걸,

조나단, 하면 두 날개가
　다리보다 먼저 땅에 닿았어

　　　리빙스턴, 하면 물갈퀴들이
　　　　중력에 맞서는 척력을 만들었어

　　　　　　시걸, 하면 천만근의 날개를 끌고
　　　　　　　절벽 끝으로 달려가곤 했어

　　내 마음의 파랑에는 언제나 그 이름이 살고 있었어

　　　　　조나단, 하면서 폭풍에
　　　　제 몸을 내던져 나는 새가

　　　리빙스턴, 하면서 한번 날아
　　죽어서도 파랑을 날아가는 새가

　시걸, 하면서 바람을 타고 날아
바람을 거슬러 나아가는 새가

갈매기의 꿈

To the real Jonathan Livingston Seagull,

who lives within us all

새 한마리가 긴 날개를 펴고 동쪽으로 날고 있었어
흰 날개가 펼쳐진 파랑 바탕은 바다였을까 하늘이었을까

한쪽 날개에는 '갈매기의 꿈'이
한쪽 날개에는 'Jonathan Livingston Seagull a story'가
양 날개깃처럼 펼쳐졌다 등뼈를 이루는 판권에서 만났어

갈매기의 꿈   (값 500원)
~~~~~~~~~~~~~~~~~~~~~~~~

西紀 1974年 4月 15日 印刷
西紀 1974年 4月 25日 發行
    著 者 리 처 드 바 크
    譯 者 李   相   吉
    발행인 方   義   煥
    발행처 世   宗   閣
        서울특별시 관악구 본동 127
        출판등록 1962.11.3.(가)1083

    낙장 파본은 교환해 드림.

갈매기의 꿈과 영어를, 아버지가 말했어
갈매기의 꿈과 그림을, 여자에겐 날개가 없어
갈매기의 꿈과 베껴쓰기를, 오빠들이 말했어
갈매기의 꿈과 춤을, 치마를 날개처럼 펼쳐선 안 돼

조나단 리빙스턴 시걸, 저릿하고 아릿했던 이름이었다가
조나단 리빙스턴 시걸, 먼지처럼 쌓인 이름이었다가

             시인은 마치 저 구름의 왕자 같아라

   폭풍을 좇는 구름처럼 파랑에 취해 좁쌀별들을 비웃던 보
들레르의 앨버트로스를 꿈꿨는데,
   뱃사람에게 붙잡혀 커다란 날개를 땅에 끌고 다니다 물갈
퀴는 쌈지로 뼈는 담뱃대로 깃털은 모자 장식으로 팔렸다지
   파랑에서 더 빛났던 큰 날개를 떠올리는 밤이면 편두통이
어깻죽지까지 내려오곤 했다지

   모든 새들에겐 둥지가 있어야 해, 집이 말했어
   먹이를 찾아 땅에 붙어사는 새들도 아름답지 않니? 거리

가 말했어

　초록 논에서 놀던 백로의 등에 올라탔어 백로가 흰 날개
를 펼쳤는데 날개가 하늘을 덮었어 궁창이 깨지고 천둥 번
개가 쳤어 붕새다 붕새! 비명을 지르며 꿈에서 깼는데
　좁은 침대에서 날개를 펼치면 내가 떨어지잖아, 남편이
말했어
　우와 날개다! 타고 싶어 태워줘! 아이들이 말했어
　에리카 종의 『날으는 것이 두렵다』를 읽고 또 읽으며 발
없는 새를 꿈꾸는 밤이었어

　　　　　　　　　　　　　　　*翼殷不逝*라니,
　　　　　　　큰 날개를 가지고도 날지를 못한다니!

　작은 골방에서 커다란 날개는 불구였을 거야
　날기 전까지 나는 법을 몰라
　백화점 옥상에서 떨어지면서 날기 시작했다지
　한번만 더 날자, 죽어서야 세상 멀리 세상 높이 날았다지
　이상이라는 바보 새를 애도하는 밤들이었어

오래된 침대에서 뒤척이던 어느 날 보았어
반백년을 봉인된 채 책장 꼭대기에 꽂혀 있던 갈매기의
꿈을
손끝에서 놓친 두 날개가 툭 떨어져 바닥에서 펼쳐지자
시큼한 먼지들이 깃털처럼 날아올랐어 나도 나도
뼈마저 가벼워진 몸이 휘청, 그래 한번만이라도 날자

아침이었으며, 그리고……

이건 좀 오래된 이야기

밤이 깊어서야, 마루에 걸린 괘종시계 초침 소리에 발 맞춰 오층 아파트 계단을 올라오는 젊은 아버지, 똬리 튼 뱀 한 마리가 바깥으로 닳은 구두 뒤축에 슬어놓은 또 하루만큼의 알들처럼, 아버지 오른손에 들린 종이 봉다리 속 조용조용 숨죽인 조생귤이 여섯

너흰 뱀 따위가 우글거리는 꿈을 꿔서는 안 돼!

괘종시계는 멈춘 적이 없지, 태엽을 감는 일이 아버지의 첫 일과였으니, 뱀의 허물처럼 누추한 뉴스도 멈춘 적이 없지, 오층 계단은 자갈이 깔린 옥상으로 이어졌고 자갈 둘에 별이 여섯, 자갈 여덟에 달이 하나, 오르고 오를 두 발이 있으니 나는 무엇이든 세곤 했지

뚜벅뚜벅 또박또박

초침 소리가 인도하는 계단 끝집의 꿈은 좁은 어항 속 빨간 금붕어들처럼 물 위로 둥근 입을 벌린 채, 아버지 아버지 아 아버지, 나보다 먼저 계단을 오른 뱀들을 밟고 필사적으

로 오르고 또 오르는 옥상 탈출, 아버지 발목처럼 내 발목도
굵어져가고

뱀이 낳은 길은 죄다 아버지 구두 밑창에서 시작됐으니

뱀의 혀처럼 심장과 발자국이 갈라질 때마다 길을 여는
게 꼭 문은 아니었어, 알껍질을 찢고 계단을 기어오른 뱀이
었어, 옥상으로 오르는 시간의 계단이었어, 밤하늘에 박힌
괘종시계의 깨진 유리 조각이었고, 사족 같은 가족들이 밟
은 족적이었어, 옥상의 자갈들처럼

아버지, 우린 왜 우리가 밟고 온 것들을 그리워하나요?

여름 이야기

아이스커피 잔에 맺힌 물방울이 미끄러지자
하지의 저녁 창에 소나기가 들이쳤다

급히 닫힌 창 안은 꽃 속인 듯 깊고

창에 맺힌 빗방울이 폐포처럼 벌떡이다
물 끓는 소리를 내며 가쁘게 흘러내렸다

찬물에 해동되는 굴비가 비릿하고
한소끔 끓어오른 아욱국이 자욱하고

식탁엔 숟가락과 젓가락이 기다랗고

세찬 비는 흠뻑 젖은 귀갓길 신발들을
서, 서, 서, 창 안으로 다급히 쓸어 담고

언니야 우리는

우리는 같은 몸에서 나고 같은 무릎에 앉아 같은 젖을 빨았는데

엄마 다리는 길고 언니 다리는 짧고 내 다리는 더 짧아
긴 다리에 짧은 다리들을 엇갈려 묻고
이거리 저거리 각거리, 천사만사 다만사, 조리김치 장독간, 총채 빗자루 딱,
한 다리씩 빼주고 남는 한 다리는 술래 다리

언니야 우리는 같은 집에서 같은 밥을 먹고 같은 옷을 입고 같은 아버지와 오빠들과 살았는데
너는 언니라서 더 굵고 나는 동생이라서 조금 덜 굵고
남자들을 위해 씻고 닦고 빨고 삶고 낳고 먹이느라 엄마처럼 하얘지도록
너는 언니라서 더 끓고 나는 동생이라서 조금 덜 끓고

우리는 같은 가족으로 자라 같은 학교에 다니고 같은 시대를 살았는데

남자들이 우리에게 어떤 손자국을 남기고 어떤 무릎을 요
구했는지
　남자들에게 사랑받기 위해 우리가 어떻게 서로의 어깨를
떠밀었는지
　서로를 손가락질하고 서로에게 어떤 자물쇠를 채웠는지

　너는 먼저 나서 잘 싸우고 나는 나중 나서 더 잘 싸우고
　너는 먼저 피 흘려서 곰이 되고 나는 나중 피 흘려서 늑대
가 되어

　그래 우리는 같은 성으로 살며 똑같이 결혼을 하고 똑같
이 아이들을 키우며 또 같이 울었지

　공깃돌을 줍다 빨래하러 가자 손을 잡고
　징검다리를 건너다 물에 빠진 내 손을 붙잡아준 네 손
　오래매달리기를 하다 팔이 빠진 나를 등에 업어준 네 손
　나란히 엎드려 팝송을 듣고 일기와 편지를 쓰고 생리대를
나눠 쓰던 우리 두 손
　늦은 밤이면 굳게 잠긴 철대문을 몰래 열어주던 서로의

손을 붙잡고

　그래 언니야 우리는 같은 엄마의 여자였고 서로의 엄마였
어 그러니까 서로의 애기였고 서로의 애기였어

　너는 언니라서 더 지치고 나는 동생이라서 덜 지치고
　너는 맏딸이라서 더 외롭고 나는 막내딸이라서 덜 외로웠
을 뿐
　더 더 외롭고 더 더 지친 엄마 다리에 네 다리와 내 다리를
엇갈려 묻고 마주 앉아
　퉁퉁 부은 서로의 다리에서 한 다리씩의 어둠을 뽑아
　무청 같은 날개를 달아주며

　애기 새들처럼 목청껏 한소리로 노래하지
　니다리 내다리 짝다리, 천근만근 무다리, 주홍마녀 유리
천장, 강물 파도야 싹,

응암동엔 엄마가 산다

아야 내가 가봐야 하는디 아무도 데려다주질 않는다 어쩌
냐 응?

쉰여섯 막내딸이 또 개복수술 하는 걸
다들 쉬쉬했으나 눈치로 알아채고는
아침저녁 전화로만 막내딸 이름을 불러대는 엄마

지팡이 짚고 동네 마트에서 부추 석단을 사 와, 아야 방구
나왔냐 응?

쪼그려 앉아 길고 가느다란 부추를 가지런히 다듬어 씻고
는, 아직이냐 응?

잠시 누웠다 일어나
물 빠진 부추를 버무려 김치통에 담아두고, 응 그래야지
이제 살았다, 암 그렇지 암 암!

신음 같은 응의 부추김과
바위 같은 암의 다짐으로

고치 속 누에처럼 반생이 넘도록
응암동에 사는 여든여덟살배기 엄마

꿰맨 아랫배 터질세라 감싸 쥐고
막내딸을 방귀 뀌게 했던 엄마 말

아야 니 좋아하는 부추김치 담가놨다 어여 일어나라 응?
그럼, 그렇고말고 암!

가을장마

할아버지가 돌아가신 지 다섯해라고 했다

할아버지가 마루에 놓아준 연탄난로 옆에서
모로 누우면 언제나 북쪽, 끼니때면 일어나
물이든 국이든 밥 한술 말아 들고 와
텔레비전을 보며 먹는 밥은 찬밥이기 일쑤

외아들 하나 가슴에 묻은 지 쉰해라고 했다

개가하는 며느리 품에 보낸 손자마저 소문에 묻고
텔레비전 대신 사진 몇장 들춰보다가
수요일이면 빨랫감 안고 세탁기 빌려 쓰러 가는
아랫집 새댁이 말벗의 전부

여름내 흘러내린 뒷산 흙더미에
반쯤 잠긴 리어카 바퀴에 텃새 멧새가 앉아서
저 흙 저 흙, 마루까지 덮칠 것 같다며 우짖는
처마 그림자가 날로 낮아지는 마을 끝집

밤새 쌓이는 텔레비전 백색소음의 빗소리

제 4 부

방 구합니다

분홍 설탕 장미

인생이 어쩌다 받아 든 생일 케이크라면
시간은 이빨, 그럼 케이크에 핀 꽃은?

꽃이라는데 이토록 불량스러워도 될까?

먹을 수는 없어, 그건 너무 달달한 일!
버릴 수도 없어, 그건 너무 섭섭한 일!

초록 초콜릿이 받쳐 든
분홍 플라스틱 희망처럼

이미 사라졌는데 여전히 남아 있다고
벌써 잃었는데 매일 잊히지 않는다고

꽃이라는데 이토록 지지 않아도 될까?

이 락앤락에서 저 락앤락으로 옮겨지는
달다 못해 쓰디쓴 간곡한 과거처럼

케이크는 사라지고 설탕 장미만 남아

고로쇠 한 철

눈 내린다
저물녘 젖은 눈이 내린다

먼 길 날아온 눈송이가 나뭇가지에 몸을 눕히자
마른 나뭇가지가 지친 눈송이를 힘껏 끌어안았다

눈송이는 지난겨울에 스며들었던 제 가지인 줄 알았고
나뭇가지는 지난봄에 놓쳤던 색 바랜 제 꽃잎인 줄 알았다

내 눈에 네가 들 때처럼

눈이 쌓인다
겹겹의 눈에 밤이 쌓인다

눈송이가 제 몸 녹여 나뭇가지를 적시고
나뭇가지가 제 몸 얼려 눈송이를 떠받칠 때

아름다운 문장 하나가
흰 수정 테이프 아래 감춰졌다

감춰진 눈송이와의 겨울 이야기는
봄이 되면 수액으로 새어날 것이다

방 구합니다

너무 여자라서
너무 남자라서

사랑하지 못합니다

너무 정상이라서
너무 비정상이라서

이해하지 못합니다

여긴 좀…… 아니 전혀…… 방은 좁고 손님은 많고 파티
는 시끄럽고…… 왜 매번 내가 먼저?…… 거절당하거나 기
다리는 것도…… 너무 다른 거지!…… 다시 오고 싶지 않
아…… 환대받지 못한…… 다들 또…… 어느 방으로 간 거
야?

너무 커서
너무 작아서

들어가지 못합니다

너무 없어서
너무 많아서

우리는 깃들일 곳이 없습니다

바다와 절벽

해안가에 절벽이 있는 곳이라면
두 별이 하나 되어 떨어지는 밤이 있지

더는 나아갈 수 없는 낭떠러지에서

서로의 머리카락을 매듭 지어 묶고
서로의 허리를 깍지 껴 끌어안고

역력한 악력으로 중력에 투항하는
서로를 자물쇠 채워 뛰어내리는

그런 사랑은 불멸의 전설이 되지

네 옆얼굴을 절벽에 세워놓고
내 옆얼굴을 해안에 뉘어놓고

실핏줄이 터져 물든 노을빛으로
지칠 줄 모르고 서로를 바라보는

시는 어디에?

한-이란 친선 시 낭송을 하러 테헤란에 갔을 때 페르시아 구전 서사시 『쿠쉬나메』에 나오는 '바실라' 이야기를 듣고는

아랍에 패망한 페르시아 왕자 일행이 동쪽으로 동쪽으로 도망해 도착한 곳이 동해 끝 개운포? 바다에 막혀 오도 가도 못하고 또 얼마를 살았을까, 소문이라도 났던 걸까, 행차 나온 신라 헌강왕이 보기에 요상한 생김새와 말씨는 딱 동해 용왕의 아들일밖에, 요주의 인물일밖에, 그러니 서라벌로 데려와 어여쁜 아내와 벼슬을 주었던 거지, 사막의 나라 페르시아에서 온 왕자에게 산과 바다에 사철의 꽃과 나무와 물고기가 넘쳐나는 신라는 오아시스였을 거야, 그러던 아 신라의 밤, 늦도록 놀다 들어와 잠자리를 보니 외간 남자와 아내가…… 이방의 왕자는 속수무책, 춤추고 노래할밖에, "다리가 넷이거늘 둘은 내 것인데 둘은 뉘 것?" 바닥을 쓸어 허공에 흩뿌렸던 왕자의 춤과 노래가 날개 돋쳐 귀신들을 물리치는 동안, 왕자는 왕자를 낳고 행복하게 살다 마침내 페르시아로 돌아가 왕자의 왕자의 왕자가 다시 왕이 되어 신라 적 이야기 '바실라'를 남겼다?

그러니까 이건, 시 낭송 하러 서쪽으로 서쪽으로 가서 옛 코리안타임보다 더하다는 이란타임에 밀려 춤과 노래는커녕 시 한편 낭송 못 하고 페르시아 왕자를 닮았음직한 아프쉰 알러라는 이란 시인의 시를 들으며 상상했던 한-이란 사랑의 서사시?

그렇다면 한반도 서쪽 끝 강화도 마니산 꼭대기에 횃불을 들고 첫 제를 올렸던 사람들은 누구? 마니교 교주 조로아스터 후손이었던 페르시아 왕자 일행이 제 고향 서쪽을 향해 불의 춤과 노래를 올렸던 거야? 그래서 마니산이 마니산인 거야? 왕비의 불륜을 알려준 까마귀에게 제를 올렸던 대보름을 빌어, 페르시아 왕자의 앗 신라의 밤을 기억하려고 페르시아에서 온 견과류를 까먹으며 불을 돌리고 불더미를 뛰어넘었던 거야? 그럼, 신라 천년의 석류도? 목단도? 페르시아 사과라 불렸던 천도복숭아도?

그러니까 이건, 서역만리에 시 낭송 하러 갔다가 시 한편 못 읽고 테헤란의 잠 못 들던 밤에, 선배 시인의 잠을 방해하지 않으려 바자르에서 산 히잡을 쓰개치마처럼 쓰고 호텔

로비에 나와 앉아, 내가 서쪽으로 서쪽으로 온 까닭을 생각하며 쓴, 멀고도 가까운 페르시아 구전 서사에 빗댄 믿거나 말거나 후일담 시?

시인은 누구?

　바로 그때 백발을 산발한 사내가 술병을 든 채 비틀대며 강에 걸어 든다 (아, 왜?) 사내의 아내가 뒤쫓아 달려가며 말렸으나 사내는 이미 강에 걸어 들고, 그 광경을 본 아내는 들고 있던 공후를 타며 "임아 강을 건너지 마오, 임은 기어이 강을 건넜네, 강에 들어 죽었으니, 가신 임을 어쩌하리" 슬피 노래하고는 남편을 뒤따라 강에 걸어 든다 (아, 왜 또?)

　여느 날처럼 새벽 강가에 나가 배를 손질하던 곽리자고가 이 광경을 목격하고 집으로 돌아와 아내 여옥에게 새벽 강가에서 들었던 노래를 전했고 여옥 또한 슬퍼하며 곽리자고가 부른 노래를 따라 하더니 이웃 여자 여용에게 전했고 여용이 또 이웃에게 전하고 또 또 전했다 (왜?를 덧붙여)

　내가 존경하는 스승은 수천년을 전해 내려온 이 네줄짜리 노래를 사백쪽이 넘는 박사논문으로 전하셨다 내가 좋아하는 꺽다리 가수 이상은은 술병을 들고 강에 든 그 사내의 아내가 되어 꺼이꺼이 또 노래했는데 이 노래는 또 또 만화영화로 전해졌다 내가 따랐던 한 소설가는 소설로, 내가 모르는 한 감독은 다큐멘터리로 전하고 또 전했다 (다 왜? 때문

이다)

　노래 안에 사람이 있고 노래 밖에 사람이 있다
　노래가 된 사람이 있고 노래를 사는 사람이 있다
　노래를 빚는 사람이 있고 노래를 훔치는 사람이 있다
　노래를 하는 사람이 있고 노래를 이야기하는 사람이 있다

　내 젊어서 꿈은 앞쪽이었으나 사십년 시를 쓰다보니 앞뒤
분간이 어렵고 뒤쪽 또한 쉽지 않다는 걸 이제는 알겠다

이중섭의 「소」를 보면

산맥과 강을 그린 한반도 지도가 떠오른다 소의 굵직한
등뼈가 함경산맥에서 태백산맥으로 백두대간을 잇고, 그 등
뼈에서 뻗어 나온 어깨뼈 갈비뼈 엉덩이뼈 들이 차례로 강
남 적유령 묘향산맥과 언진 멸악 마식령 광주 차령산맥과
소백 노령산맥으로 갈라지고, 갈라진 뼈들 사이를 또 압록
청천 대동강과 예성 임진 한강과 금강과 섬진 낙동강이 동
맥처럼 힘차게 달리는데

굽이치는 한반도의 산맥과 강을 떠올리다보면, 모든 산맥
들이 바다를 연모해 휘달릴 때도 차마 이곳을 범하진 못했
을 거라던 이육사의 '광야'가 딱 그려지고, (칡빛이 얼룩덜
룩한) 황소가 해설피 금빛 게으른 울음을 우는 그곳이 차마
꿈엔들 잊힐 수 있겠냐던 정지용의 '얼룩빼기 황소'의 성난
울음소리가 들리는 것만 같은데

이중섭은 평안도 평원에서 태어나 평양과 정주에서 공부
했는데, (일본 유학 후) 함경도 원산에서 신접살림하다 전
쟁 때 월남하여 부산 서귀포 통영 진주 서울 대구 등지를 쫓
기듯 떠돌며 살다, 급기야 서울 적십자병원에서 무연고 행

려병자로 죽어 망우리 공동묘지에 묻혔다 그러고 보면 그의
삶은 그가 그린 소의 힘센 뼈와 동맥 사이사이를 살을 에듯
살아낸 일생이었으니 너무 소(牛)적으로 거주했다 할밖에

　외전: 그가 그린 소의 코와 불알은 늘 벌겋게 성이 나 있어서 그
곳이 한반도 어디쯤일까 짚어본 적이 있는데 아무래도 영변과 영
광일 것만 같고 그리 보자니 그의 소는 어쩐지 '핵핵'대는 것도
같다

노시인과의 카톡

원고료가 들어올까요?
왜 시인의 통장을 궁금해하지 않을까요?

우아하게 기다려주고 있어요
알 만한 사람들이니 떼먹진 못하리

근데 시인들도 시를 읽지 않는데
누가 시를 읽어줄까요?

시간은 봐주겠죠!

내일은 첫눈이 온다네요

첫눈처럼 참았다 눈물처럼 녹아드는
이런 사랑 언제였지?

첫눈에 반한 첫눈이 올 때마다였겠죠?

그러니 늘 사라지는 것들!

눈알 빠지게 글자만 보다 청춘이 다 가고 말았으니

다른 걸 그리 봤으면 더 빨리 갔겠죠?

그래도 작가의 내생이 책이라는 것은 그중 멋진 일,
보르헤스의 말!

그럼 시로 쓴 내 생이 내생의 시집이겠네요

대문호가 국립도서관장인 나라가
만성 채무불이행에 시달린다는 게 쓸쓸

이생에 원고료가 들어오지 않는다면 더더욱요!

애착시어사전

   우리의 우주, 해가 뜨는 저 지평선과 해가 지는 이 지평선 사이를 떠돌고 있다 미제의 사건들처럼

   옴 걸린 놈, 절망의 전조가 오금에서 겨드랑이로 번지며 붉게 발진한다 이 또한 지나가리니 비루하게 긁지 마라

   졸음의 중량, 뜬눈으로는 볼 수 없는 걸 보라고 눈꺼풀에 쌓인다 천근만근한 신의 선물

   청량한 명랑, 죽은 새끼를 코에 올린 채 사흘 바다를 건넌 어미 고래의 울음소리를 사흘 꿈에서 듣다 깨어난 아침의

   심박한 밥심, 뺑뺑 돌다 설설 기다 급기야 바닥에 눕고 마는 줄팽이들의 힘 혹은 모든 호구들의 부동심!

   미래는 술래, 달려가면 물러서는 내일이거나 쫓기를 포기한 모레이거나 벼랑 끝에 방치된 글피에도

   고비의 고독, 고비는 아무리 넘어도 고비다 눈물로 밑창

을 삼은 내 가장 나중에 신고 갈 영혼의 마지막 신발

　다시 시다, 시는 관념의 똥이다 중력의 생 한가운데 주저
앉아 굵고 실한 똥을 누고 싶다

시다 시, 다 시다!
애너그램을 위한 변주

오전의 조언과 오후의 호우 사이에 쌓이는

정교한 적요, 우직한 궁지에 몰린 염소의 소명으로
　　　　　속도의 독소를 겨눈 감정이라는 장검

무한한 하문, 억새에게 어색하게 개성을 묻는
　　　　　초록 골초의 분명한 명분이랄까

살벌한 발설, 고통의 옥토에서 웅전하는 증언과
　　　　　제어되지 않는 어제를 향한 사설의 설사

악기의 기강, 날숨의 산물로 빚은 은밀한 늘임은
　　　　　환호하는 화혼, 그건 해방이야 방해야?

미망의 마임, 밤골의 갈봄과 말복의 곰발과 목발의 발목이
　　　　　미숙한 묵시처럼 라임의 마일을 달리는

절윤의 전율, 하얀 가독을 부르는 야한 각도로
　　　　　오늘의 노을에게 자두를 주다니!

이견의 연기로 떠도는 집시의 시집 같은

이게 다 시라면, 이제 시는 다 다다 시야?

어느 시인의 인터뷰에서

시의 감옥에 갇힌 종신 미탈옥수가 되어 너는 노래한다
파란만장 영혼 탈출기를

매일이 전쟁이라서 너는 늘 끝을 산다 끝나지 않는 희망
이 시라서 시는 너에게 종교다 시를 쓸 때 너는 네가 그리워
하는 너에게 기꺼이 가까워진다

너의 끝은 언제나 오지 않는 미래다 끝내는 것보다 돌아
서 가면 더 멀리 갈 수 있어서다 그런 너는 해보다 별의 시간
을 믿는다 살아내는 것보다 상상하는 것이 더 어려워서다

몇몇 시는 정말로 다른 네가 되게 하고 결국은 너를 너이
게 한다 그런 시는 멀리 도망갈수록 기어이 돌아오게 하는
지도와 같아서 너는 가장 촘촘한 등고선에 너의 지금을 던
진다

봄눈처럼 녹아드는 지금이라는 묘혈에 앉아 어제라는 망
각과 계절이라는 인과를 발굴하며 너는 시를 살고자 한다
한 문장만이라도 초록초록하게!

부정되지 않는 문장은 없다 잊히지 않는 기억도 없다 기
억이 먼저 사라지고 부정의 문장마저 삭제될 때까지 가엾게
도 네 시는 감옥이겠구나, 가엾게도

처음에서 다음까지

처음 문을 당긴 손
처음 병에 꽂힌 꽃다발
처음 입맞춤을 부르는 두 입술
처음 창에 걸린 네 별 내 별

꽃병을 벗어난 물처럼 처음이 쏟아졌다

함께 웃던 액자 속 사진 뒤에 삐뚤게 박힌 못이, 두 엉덩이
를 받아내느라 주저앉은 소파가, 숱 많은 머리칼을 묶어주
던 돌돌 말린 머리끈이, 다섯 손가락의 체온을 기억하는 장
갑 한짝이, 카펫이 숨기고 있던 창백한 바닥이 쏟아졌다

그리고 트럭이 다녀갔다

잃는 게 아니라 잊는 거라고
잊는 게 아니라 놓아주는 거라고
놓아주는 게 아니라 지나가는 거라고

액자가 사라진 자리에 쏟아진 여백을 보다, 움푹 팬 소파

에 쏟아진 머리칼을 베고 자다, 잠긴 도어록에 쏟아진 지문
을 지우다, 창백한 바닥과 체온을 나누며 쏟아진 채 또 자다,
쏟아진 밤별에 기다란 느낌표를 매달다

　　다시 택배 상자들이 쌓였다

　　다음 신은 길고양이
　　다음 나라는 집이나 가족 없이
　　다음 날은 목에 매단 방울 따위 사절
　　다음 물음은 그냥 나

　　쏟아진 처음이 유구할 다음이야
　　그럼 먼저 안경과 양말과 우산이 필요해

　　지금이 초인종을 누르고 있다

한줄 농담

전깃줄에 앉은 참새들처럼
빨랫줄에 매달린 집게들처럼

시험장에서 은행에서

줄은 결핍
줄은 분배
그리고 줄은 버릇
그러나 줄은 권력

먹이를 물고 가는 개미들처럼
물을 찾아가는 오리들처럼

식당에서 정류장에서

줄은 희망
줄은 집착
그리고 줄은 도박
그러나 줄은 폭력

신생아실에 줄줄이 누워
안치실에 줄줄이 누워

한줄 동화에 평생을 걸고

저주받은 걸작

하나의 심장과
하나의 시선과
하나의 목소리만으로

평생 한 음을 켜는 연주자와
평생 한 색을 칠하는 화가와
평생 한 글자를 쓰는 시인이 있었다

한 음의 박동과
한 색의 눈빛과
한 글자의 비명에는

삼키고 삼킨 한 숨의 곡조와
지우고 지운 한폭의 그림과
줄이고 줄인 한편의 시가 있었다

지도에도 없는 허공 길을 가는
외줄 사랑

모든 게 담긴
단 하나의 형태에는
내용이 없다

모래알처럼 무수한 '너'를 그리며

황인찬

혼자 공을 던지고 신나서 웃는 아이를 상상해봅니다. 아이는 다시 공을 주워 던지고는 한번 더 신나서 웃습니다. 아이는 자꾸 공을 던지고, 자꾸 웃습니다. 다른 반복이 아이를 새롭게 사로잡기 전까지 그 일은 오래도록 반복됩니다. 아이가 오래도록 같은 행위를 반복하는 것은 지루함을 느끼지 않기 때문이지요. 반복되는 놀이를 신선하게 받아들이는 그 투명하고 순수한 상태야말로 일상의 반복이 불러일으키는 의식의 마모를 막아내는 힘이 되는 것입니다.

아이들의 놀이를 잘 살펴보면 이처럼 존재를 확인하는 놀이가 제법 많다는 것을 알 수 있습니다. 공 던지기 놀이도 그렇고, 갓난아기에게 종종 하는 까꿍 놀이도 마찬가지입니다. 숨바꼭질과 술래잡기, 무궁화꽃이 피었습니다 등 아이들의 놀이 가운데 상당수는 부재와 존재의 확인이 번갈아

128

수행되는 일종의 '존재 놀이'라고 할 수 있습니다. 그렇다면 존재를 인식하는 일은 그 자체로 우리의 기쁨과 연결된다고도 볼 수 있겠지요.

다만 그 기쁨은 나이를 먹을수록 느끼기 어려워집니다. 아이가 존재와 조우하는 기쁨을 온전히 누릴 수 있는 것은 아이에게는 그 존재가 말 그대로 낯설기 때문이니까요. 아는 바가 적고, 누적된 경험이 적으니 대상으로부터 쏟아지는 정보들은 새로운 것뿐입니다. 그러나 나이를 먹을수록, 경험이 늘어날수록 존재를 마주하는 일은 이미 알고 있는 것을 재차 확인하는 데 그치게 되고, 그때 우리가 마주하는 것은 존재 자체가 아니라 이미 알고 있는 몇가지 기호로 조합된 정보에 불과합니다. 『어린 왕자』의 한 대목을 굳이 인용하지 않더라도, 우리는 우리가 이미 세상을 기호와 정보로 인식하는 데 너무나 익숙해졌음을 잘 알고 있습니다.

시가 우리에게 유용한 까닭은 시가 기호와 정보의 장막을 넘어 타자에게로 진정 가닿고자 하는 양식이라는 데 있습니다. 존재를 은폐하는 장막인 언어를 활용하여, 오히려 언어의 한계를 뚫고 존재를 마주하도록 운용되는 것, 그 역설이야말로 시의 가장 특별한 기능 가운데 하나일 것입니다. 시가 존재를 만나 기쁨을 누리는 방식은 아이의 방식과 많이 닮았습니다. 아이가 기쁨 속에서 공을 던졌다가 다시 주워 계속 던지듯, 그 기쁨을 하염없이 누리듯, 어떤 아름다운 시는 존재를 자꾸 부르고, 반복해서 더 부르며 존재와 마주하고자 합니다. 이를 시의 '영점조준'이라 할 수도 있겠지요.

그러나 시는 아이의 행복한 놀이와는 달리 끝없는 실패를 내정하고 있습니다. 언어를 통해 언어 바깥을 향하는 것이 시의 운행이지만, 언어로 언어 바깥을 향하기란 실로 어려운 일이기 때문입니다. 결국 그 실패가 시의 운명이겠지요.

아무리 반복한들 우리가 대상과 진정으로 만나는 일은 없을 것이고, 시와 대상의 영점이 완전히 맞아떨어지는 일 또한 없을 것입니다. 오늘날의 시는 옛 시인이 행복하게 장미를 호명하며 장미와 만나던 방식으로 이루어지지는 않습니다. 오히려 오늘날의 시가 마주하는 것은 사물과 진정으로 마주할 수 없다는 불가능이며, 사물과 우리 사이에 놓인 시/언어라는 장벽이고, 나아가 그것을 마주하고 있는 '나' 자신이기도 합니다. 그리고 그 과정을 통해 우리는 타자(대상)와 진정으로 만나는 일에 대해 다시 생각할 수 있습니다.

하염없이 반복되는 아이의 놀이를 닮았으면서 끊임없는 실패에 시달리는 것. 그럼에도 그 반복을, 놀이를 멈추지 않는 것. 그리하여 존재를 마주할 때의 기쁨과 당신과 만날 수 없다는 절망을 동시에 누리는 것. 현대시의 아름다움은 바로 그 지점에서 출발하는 것입니다.

그리고 여기, 그 반복 놀이를 탁월하게, 그리고 아름답게 수행하는 시가 있습니다.

시의 영점조준: 무한한 '있다-없다' 놀이 속에서

오전의 조언과 오후의 호우 사이에 쌓이는

정교한 적요, 우직한 궁지에 몰린 염소의 소명으로
　　　　속도의 독소를 겨눈 감정이라는 장검

무한한 하문, 억새에게 어색하게 개성을 묻는
　　　　초록 골초의 분명한 명분이랄까

살벌한 발설, 고통의 옥토에서 응전하는 증언과
　　　　제어되지 않는 어제를 향한 사설의 설사

악기의 기강, 날숨의 산물로 빚은 은밀한 늘임은
　　　　환호하는 화혼, 그건 해방이야 방해야?

미망의 마임, 밤골의 갈봄과 말복의 곰발과 목발의 발
　　　　목이
　　　　미숙한 묵시처럼 라임의 마일을 달리는

절윤의 전율, 하얀 가독을 부르는 야한 각도로
　　　　오늘의 노을에게 자두를 주다니!

이견의 연기로 떠도는 집시의 시집 같은

이게 다 시라면, 이제 시는 다 다다 시야?
                                    ―「시다 시, 다 시다!」전문

 이 아름다운 시는 조금씩 다르게 반복합니다. '정교'는 '적요'와 뒤섞이고, '악기'는 '기강'과 엮입니다. '살벌'은 '발설'로, '날숨'은 '산물'로 반복됩니다. 애너그램을 활용한 반복은 동어반복이 아니며, 동일한 의미를 반복하는 것도 아니라는 점에서 특별합니다. 자음과 모음의 배치를 다르게 하는 미묘한 어긋남으로 구성된 문형을 수차례 반복함으로써 이 시는 애너그램을 통한 의미의 변주보다는 애너그램을 통한 언어의 반복 쪽에 관심이 더 기울었음을 분명히 하고 있습니다.
 어긋난 반복들을 조금 더 세심하게 살펴본다면, 모든 애너그램 놀이가 시라는 양식 자체를 가리킨다는 것을 알 수 있습니다. "정교한 적요"도, "무한한 하문"도, "살벌한 발설"도 모두 시를 가리키는 말들입니다. 곱씹을수록 맞는 말이지요. 시란 정교하게 구성된 침묵이며, 끝나지 않는 물음이고, 소름 돋을 정도로 선명한 외침이니까요. 각 구문마다 이어지는 다른 말들도 모두 시에 대한 탁월한 은유이자 정의입니다. "우직한 궁지에 몰린 염소의 소명"은 이 어찌할 바 없이 막막하고 장엄한 실패 앞에서도 어리석을 만큼 우직하게 그 '쓰기'를 포기하지 않고 이어갈 수밖에 없는 일이 시라는 사실을 분명하게 알려줍니다.

그러나 그 정의보다 중요한 것은(시에 대한 이런 정의는 하염없이 이어질 수 있으므로) 이 시가 선택한 형식일 것입니다. '정교'와 '적요'는 필연에 의해 묶인 것이 아니라, 우연히 자음과 모음의 조합이 비슷했을 따름입니다. 이것은 대상의 속성을 통해 연결되는 은유와는 다른 결합 방식이지요. 시는 내적 필연성에 의해 선택된 것이 아니라, 우연에 의해 추려진 단어들에 의미를 새롭게 부여합니다. 이렇게 우연한 조합을 통해 의미가 탄생하고, 그 의미가 시를 가리킨다는 사실이 중요합니다. 시인이 제목을 통해 모든 것이 "다시"임을 천명한 바와 같이, 시인은 우연함과 무한함 속에서 반복되는 이 명명들이 바로 시라고, 시란 '계속 말하기'이며, '다시 말하기'이고, 조금씩 다르게 자꾸 말하는 일이라고 말하고 있는 것입니다.

오래도록 애너그램이라는 형식을 탐구해온 시인이 도달한 이 지평은 시라는 양식과 아주 밀접한 자리에서 시를 새롭게 만들어줍니다. 형식과 내용이 이토록 정교하고 아름답게, 우발적이며 감각적인 방식으로 결합하며 시가 무엇인지, 시가 어떻게 존재하는지 보여주는 사례를 우리 시에서 좀처럼 찾아보기 어렵다는 점을 여기에 밝혀두고 싶습니다. 이 끊임없는 '영점조준'은 아이가 '존재 놀이'를 반복하듯 하염없이 이어집니다. 그리고 그 반복 속에서 우리는 시의 언어가 결코 정확할 수 없으며, 시가 어떠한 대상도 제대로 포착할 수 없다는 사실을 알아차리는 한편, 그 불가능이 우리 앞에 있음 또한 어렴풋이 알게 됩니다.

제목에서 모든 것이 "다 시다!"라고 선언하던 시인의 말하기는 "이게 다 시라면, 이제 시는 다 다다 시야?"라는 질문으로 끝을 맺습니다. 이 질문이야말로 진정한 선언입니다. 무의미의 소용돌이로 모든 것을 몰아가고자 했던 다다이즘은 지나치게 타당한 주제 의식을 가진 시도였기에 금세 임무를 마치고 소멸해버렸습니다만, 이 시의 결구는 시라는 이 허무하고 헛된 반복들이 결코 무의미에 그칠 수는 없다고, 그렇게 하지는 않겠노라는 시인의 결의를 반문의 형식으로 내비치는 것이기 때문입니다. 이 시집은 그 질문을 거듭 반복하는 과정인 동시에 그 질문에 답하고자 하는 시도이기도 합니다.

무수한 무의미를 마주하며

쉼 없이 질문을 던지는 아이의 모습을 상상해봅니다. 이것은 무엇이냐고, 그것은 왜냐고, 아이는 끊임없이 묻습니다. 대답을 들어도 다시 그것은 왜냐는 질문을 하고, 질문은 몇번이고 반복됩니다. 그러다보면 언젠가 대답은 끊기고 문답은 중단되고야 말겠지요. 아이가 질문을 계속하는 것은 질문이 세상을 이해하는 수단이기도 하지만, 자신을 이해하고 납득하는 방법이기도 하기 때문입니다. 아이는 끊이지 않는 질문을 통해 세계를 마주하며 마르지 않는 샘처럼 솟아오르는 의문들이 자기 내면에 가득하다는 사실을 의식하게 되고, 제대로 답할 수 없는 그 질문들이 바로 '나 자신'이라는 사실을 알아차립니다. 아이는 세계를 마주하며 경이로움을 느끼고, 그 경이로움만큼 아이는 성장합니다. 그렇게 어른이 되어가는 동안 질문이 줄어드는 것은 당연한 일이겠지요.

시인 또한 아이와 같은 무구한 표정으로 질문을 끊임없이 던지는 존재입니다. 시인은 대답하기가 곤란해질 때까지, 그리하여 끝내 아무 말도 남지 않을 때까지 질문을 던지고야 맙니다. 그러나 어쩔 수 없는 일입니다. 존재를 확인하기 위해서는 계속 질문을 던져야 하는 법이니까요. 그리고 그 질문은 다시 자기 존재를 확인하는 일로 이어집니다. 이 또한 모종의 반복입니다.

모래는 어쩌다 얼굴을 잃었을까?
모래는 무얼 포기하고 모래가 되었을까?
모래는 몇천번의 실패로 모래를 완성했을까?
모래도 그러느라 색과 맛을 다 잊었을까?
모래는 산 걸까 죽은 걸까?
모래는 공간일까 시간일까?

그니까 모래는 뭘까?

쏟아지는 물음에 뿔뿔이 흩어지며

모래는 어디서 추락했을까?
모래는 무엇에 부서져 저리 닳았을까?
모래는 말보다 별보다 많을까?
모래도 제각각의 이름이 필요하지 않을까?
모래는 어떻게 투명한 유리가 될까?
모래는 우주의 인질일까?
설마 모래가 너일까?

허구한 날의 주인공들처럼

—「모래는 뭐래?」전문

　　앞서 살펴본 시인의 반복이 존재를 확인하기 위해 끊임없이 영점을 맞추려는(그리고 결국 실패하고 마는) 시도였다면, 여기 인용한 시는 또다른 반복의 지평을 보여줍니다. 그것은 발산하며 멀어지는 반복, 무수히 많아져서 한없이 희박해지는 그런 반복입니다. 모래를 궁금히 여기는 이 시는 모래라는 것이 무엇인지 물으며 모래를 이해하고자 합니다. 그러나 이 질문들이 모래에 대한 이해로 이어지기는 어려울 것입니다. 이미 이야기했듯, 대상을 포획하고자 하는 시의 시도는 번번이 실패할 뿐이니까요. 오히려 모래는 이 수많은 반복으로 인해 그 의미를 잃어가는 것처럼 보이기도 합니다. 마치 모래가 손에서 빠져나가듯이 말입니다.

만약 이 시에 하나의 질문만이 들어 있다면, 그 질문은 결정적인 질문으로 여겨졌을 것입니다. 그러나 그 질문이 자꾸 늘어난다면, 그 어떤 질문도 결정적인 질문이 될 수는 없겠지요. 시인은 그렇게 어떤 결정적인 질문을 끌어내는 대신, 더 많은 질문을 이끌어내고자 합니다. 마치 아이가 끊임없이 질문을 던지며 모든 대답을 무효로 만들어버리는 것처럼 말입니다. 반복은 강조의 효과도 있지만, 동시에 약화와 무화의 기능 또한 갖고 있지요. 그러나 반복이 수행하는 약화와 무화는 대상을 지우는 데에서 그치지 않습니다. 모든 것이 희박해지는 순간, 오히려 또렷해지는 것이 있기 마련이니까요.

아이의 질문이 대상을 이해하는 일인 한편, 자신을 이해하는 일이기도 한 것처럼, 이 시 또한 모래를 이해하는 데는 실패하지만, 그것과는 또다른 이해에 도달합니다. 그 이해를 설명하기 위해 우리는 "모래는 어쩌다 얼굴을 잃었을까?"로 시작한 질문이 "설마 모래가 너일까?"라는 질문으로 마무리된다는 데 주목해야 합니다. 모래에 대한 질문은 영원히 마주할 수 없는 타자인 '너'에 대한 의식으로 확장되고, 너무 많아서 무의미에 가까운 저 무수한 모래알들은 '너'라는 한 사람으로 변하는 순간입니다.

이 시의 제목이 '모래는 뭐래?'인 까닭이 바로 여기에 있습니다. 모래에 대해 하나의 질문을 던지는 것은 모래를 정의하는 일에 그쳐버리겠지만, 시인은 과잉된 반복을 통해 모래에 대한 선부른 정의와 시적인 깨달음으로부터 달아납니다. 대신 시인은 모래가 뭐라고 하는지 알고자 합니다. 내가 모래에 대해 말하는 것이 아니라, 모래가 무엇이라 말하는지 알고자 하는 것입니다. 이 시가 보여주는 것은 우리가 '너'를 진정으로 만나는 일이 불가능하다는 사실이지만, 동시에 이 시는 '너'를 만나기 위해서는 우리가 끊임없이 질문을 던져야만 한다는 것을 말하고 있습니다.

누군가는 사랑을, 누군가는 질투를, 누군가는 저주를……

누군가를 생각하며 쓴 '누군가'에 줄을 긋고
'아무개'라고 교정해준 아무개가 있었다

하긴 아무나나 누구나보다는
아무개나 누군가가 더 가깝기는 한데

아무 나도 나, 누구 나도 나라서
아무 개도 개, 누군 가도 걔라서
          ─「아무나는 나이고 아무개는 개이다」부분

우리가 '너'를 만날 수 없다면, '누군가'라는 말에 취소선이 그어지는 것은 당연합니다. '누군가'는 특정한 타자를 가리키는 말이지만, 대상과의 진정한 만남이 불가능한 이 세계에서 특정한 타자를 지칭하는 일은 어불성설이지요. 그러므로 '누군가'는 불특정한 타자를 가리키는 '아무나' 혹은 '누구나'로 표현될 수밖에 없습니다.

시인은 그 불특정한 타자 안에서 '나'를 발견합니다. 만날 수 없는 당신과 만날 수 없는 타자로 가득한, 만날 수 없는 이 세계에서 '나' 또한 그 불특정한 타자에 불과하다는 사실을 보여주고 있는 것입니다. 모두가 닿을 수 없는 타자인 이 무한 고독의 세계에서 '나'조차 '나'의 타자일 뿐이라면 그 고독은 얼마나 깊은 것일까요? 발랄하고 편안한 어조로 세계가 지옥임을 드러내 보이는 시인의 마음은 또 어떠한 것일까요?

하지만 앞서 이야기했듯, 시인은 이 참담한 허무와 실존적 고독의 세계를 결코 무의미하게 내버려두지는 않겠노라 생각합니다. '너'를 발견하고, 그로써 '나'를 발견한다면 무엇이 가능해질까요?

이건 당신이 이미 아는 이야기

　그래 언니야 우리는 같은 엄마의 여자였고 서로의 엄마
였어 그러니까 서로의 애기였고 서로의 얘기였어

　너는 언니라서 더 지치고 나는 동생이라서 덜 지치고
　　　　　　　　　　　　　　　　―「언니야 우리는」 부분

　두 사람의 이야기는 이렇게 가까스로 시작됩니다. '반복'
과 더불어 이 시집의 큰 기둥을 이루는 것은 '이야기'라는
열쇳말입니다. 이 시집은 반복을 통해 겨우 존재를 확인한
'너'와 '나'가 끊임없이 주고받는 이야기들로 이루어져 있
습니다. 때로는 '너'에게 이야기를 전해주기도 하고, 때로는
'너'에 대한 이야기를 하기도 합니다. 그리고 때로는 이렇게
'너'와 '나'의 이야기가 그려집니다. '너'를 발견하고 '나'를
발견한 시인은 이렇게 '우리'의 이야기를 합니다.
　인용한 시는 '언니'를 '너'라고 부르며 조금씩 다르게 반
복하는 '너'와 '나'의 모습을 보여줍니다. "같은 몸에서 나
고 같은 무릎에 앉아 같은 젖을 빨았"던 '너'와 '나'는 사실
우연히 같은 몸에서 태어났을 뿐입니다. 그러나 이 우연한
결속을 통해 두 사람은 가까운 운명을 공유합니다. "너는 언
니라서 더 꿇고 나는 동생이라서 조금 덜 꿇"으며 삶의 굴욕
을 나누고, "너는 먼저 나서 잘 싸우고 나는 나중 나서 더 잘

싸우"며 때로는 서로를 상처 입히고, 때로는 서로를 지키며 '우리'의 이야기를 만들어갑니다.

이 결속은 '너'와 '나'로 이루어진 통사 구조의 반복을 통해 더욱 분명하게 나타납니다. 여기서 이 시집에서 수행되는 반복의 세번째 기능이 드러납니다. 바로 동화와 결속입니다. 서로 다른 두 사람이 비슷한 삶을 공유하고 반복하면서, 그들은 둘도 없는 존재가 됩니다. 서로 다른 마음도 자꾸 이야기하다보면 조금씩 겹치는 법이고, 서로 다른 두 사람도 자꾸 같은 일을 하다보면 삶을 공유하게 됩니다.

반복이란 분명 차이를 발견하는 일입니다. '언니'는 더 하고, '나'는 덜 하는 모습을 계속 보여주듯이, '언니'와 '나'의 차이는 반복 속에서 더욱 분명하게 드러납니다. 그런데 이상한 것은 이 차이가 오히려 두 사람을 더욱 밀접하게 만들어준다는 데 있습니다. 만약 시가 정확하고 분명한 것을 추구하는 무언가라면 두 사람의 차이는 영원히 극복할 수 없는 심연으로 두 사람 사이에 놓이겠지만, 시인에게 그런 심연 같은 것은 그다지 대수롭지 않은 일일 따름입니다. 서로가 "서로의 얘기"면서 "서로의 얘기"가 될 수 있는 것, 상호 돌봄 속에서 '이야기'를 만들어가는 것, 시인에게 시란 바로 그런 일이니까요.

이 시집에서 시인이 구사하는 탁월하고 유려한 반복들은 타자를 확인하는 일이자, 타자와 조금도 다르지 않으면서 (마치 모래알이 구분되지 않는 것처럼, 그리고 '언니'가 '나'

와 같은 삶을 살아가는 것처럼) 전적으로 다른 '나'를 찾아내는 일입니다. 그리고 그렇게 발견한 '너'와 '나'는 행위를 반복하고 묻고 답하기를 반복하며 '이야기'를 만들어내는 것이 바로 시라고, 시인은 시집 전체를 통해 전하고 있습니다. ("몇몇 시는 정말로 다른 네가 되게 하고 결국은 너를 너이게 한다", 「어느 시인의 인터뷰에서」). 이야기란 정확한 일치를 통해 발생하지 않는다는 뜻입니다. 서로 다른 존재들이 한데 모일 때, 그때 이야기는 비로소 시작되지요. 그러므로 이야기란 갈등과 마찰을 확인하고 그것을 조율해나가는 과정이기도 합니다. 복수의 주체가 서로 대화를 나눈다는 의미에서도, 누군가가 다른 이에게 전하는 담화라는 의미에서도, 이야기란 갈등과 마찰을 기본으로 합니다. 그러므로 시인이 전하는 '이야기'는 이렇게 갈등과 마찰에 대한 것일 수밖에 없습니다.

이 시집에서 하나의 작품군을 이루고 있는 동물 소재 작품들에서 '이야기'라는 말이 종종 발견되는 것도 이러한 연유일 것입니다. 「이건 바다코끼리 이야기가 아니다」에서는 우리가 자연을 파괴한 탓에 살 곳을 잃은 바다코끼리의 모습이 그려집니다. 이 참혹한 시는 바다코끼리의 죽음이 그저 타자의 죽음으로 그치는 것이 아니며, 그 죽음은 결국 우리 자신의 죽음으로 이어진다는 것을, 그 죽음이 우리의 이야기임을 전하고 있습니다. 타자를 발견하고, 그 안에서 '나'의 모습을 발견하는 한편, 이 발견 속에 우리의 만남이 불러

일으킨 마찰이 깊게 작용하고 있음을 보여주는 것이지요.

「동물을 위한 나라는 없다」에서는 동물의 눈, 목, 다리 등을 자신의 것과 반복적으로 비교하며, 그 차이를 발견하고, 자기반성과 더불어 '우리'라는 우리에 갇힌 "우리가 너무 무서운 사람인 것 같다"는 고백에 도달합니다. '너'와 함께 하는 일은 이처럼 두렵고 고통스러운 일이라고 밝히는 것이지만, 이 반성을 통해 우리는 이 억압의 체계로부터 벗어날 수도 있을 것입니다. 그것을 가능케 하는 것이 바로 '이야기'이고, 그 '이야기'를 자꾸 반복하는 일만이 우리가 진정으로 우리를 구하는 방법이겠지요.

지금까지 이 시집을 이루는 몇가지 중요한 열쇳말들을 살펴보았습니다. 그것은 반복을 통해 '너'에게, 그리고 다시 '나'에게 도달하여 '우리'를 만드는 '이야기'였으며, 고독을 넘어 고통의 세계를 마주하는 '이야기'이기도 했습니다. 그러나 시인은 우리가 이 참담한 고통을 마주해야만 한다고, 서로 손을 잡아야만 한다고 말합니다. 그것은 "만만찮은 희망으로 만만한 서사를 완성하"(「두부 이야기」)는 일이고, 그 과정은 굉장하고 놀라운 진경을 찾아 나서기보다는, 이미 알고 있는 것을 새삼스럽게 다시 말하는 일에 더 가깝습니다. 그러나 그 "만만한 서사"가 진정 우리가 도달해야 할 자리임을 시인은 누구보다 잘 알고 있습니다. 너무 많은 것이 너무 많이 반복되어서 남루해진 이 세계에서, 자칫하면 모든 것이 냉소와 허무에 휩쓸려버리고야 마는 이 세계에서, 시인은 우리가 함께해야만 한다고, '너'를 찾아내어 거듭 호명하는 일을 멈춰서는 안 된다고, 한권의 시집을 통해 거듭 말하고 있습니다.

이 시집의 가장 놀라운 점은 너무 당연하게 여겨져서 오히려 말하기 어려운 그 진실을 어린아이와 같은 투명한 목소리로 거듭 말하고 있다는 데 있습니다. 이 무구함과 씩씩함에 도달하기 위해 시인은 얼마나 깊은 절망을 통과해야 했을까요. 그 절망은 결코 쉽게 해소되지는 못할 것입니다. 그러나 이 투명하고 해맑게, 집요하면서도 강건하게 반복되는 질문들을 헤아리며, 우리는 우리가 잊고 지내온 그 '만만한 이야기'를 다시금 마음에 품을 수 있을 것입니다.

해안가에 절벽이 있는 곳이라면
두 별이 하나 되어 떨어지는 밤이 있지

더는 나아갈 수 없는 낭떠러지에서

서로의 머리카락을 매듭 지어 묶고
서로의 허리를 깍지 껴 끌어안고

역력한 악력으로 중력에 투항하는
서로를 자물쇠 채워 뛰어내리는

그런 사랑은 불멸의 전설이 되지

네 옆얼굴을 절벽에 세워놓고
내 옆얼굴을 해안에 뉘어놓고

실핏줄이 터져 물든 노을빛으로
지칠 줄 모르고 서로를 바라보는

—「바다와 절벽」전문

黃仁燦 | 시인

한 날개는 금세 도망칠 쪽으로
한 날개는 끝내 가닿을 쪽으로

기우뚱,

날개 밖 풍파의 서사를
날갯짓의 리듬에 싣고
깃털까지 들썩이는
그 새에 대해

누가 노래할까?

다행이야
응, 아직 울 수 있어서

2023년 5월
정끝별

창비시선 489

모래는 뭐래

초판 1쇄 발행／2023년 5월 4일
초판 2쇄 발행／2023년 6월 22일

지은이／정끝별
펴낸이／강일우
책임편집／김가희 박문수
조판／황숙화
펴낸곳／(주)창비
등록／1986년 8월 5일 제85호
주소／10881 경기도 파주시 회동길 184
전화／031-955-3333
팩시밀리／영업 031-955-3399 편집 031-955-3400
홈페이지／www.changbi.com
전자우편／lit@changbi.com

ⓒ 정끝별 2023
ISBN 978-89-364-2489-3 03810